비로소 눈물이 달콤하다 2

비로소 눈물이 달콤하다 2

초판 1쇄 발행_ 2018년 4월 15일
초판 1쇄 발행_ 2018년 4월 20일

지은이 박희자
펴낸이 김한진
펴낸곳 배영사

등 록 제2017-000003호
주 소 경기도 고양시 일산서구 구산동 1-1
전 화 031-924-0479
팩 스 031-921-0442
이메일 baeyoungsa3467@naver.com

ISBN 979-11-960665-5-0 (03810)
잘못 만들어진 책은 바꾸어 드립니다.

정가 9,000원

박희자 시집

비로소 눈물이
달콤하다 2

배영사

시처럼 사는 사람

박희자 씨는 시인이 아니다. 소설가도 아니고 수필가도 아니다. 국문학을 전공하지도 않았고 창작을 전공하지도 않았다. 다만, 시인들 틈에 끼어 앉아서, 혹은 작가들 말미에 끼어앉아서 같이 술을 마실뿐이다.

함께 있는지 없는지도 모르는 시간들이 길었다. 잘난 글쟁이들 틈에서 얼굴 디밀 틈도 떠들 틈도 없었을 터이니 당연하다.

아주 가끔 작가들 틈에 슬쩍 자기 시를 하나씩 내놓고는 했는데, 그래도 시라고 어줍잖게 몇개나 썼는지도 몰랐고 시를 쓰기는 쓰나 싶었다.

내가 '박희자'라는 사람을 인식하게 된 건 묘하게도 모임마다 빠지지 않고 나타나면서였다. 문학관을 순례하거나 어줍잖은 작가들 모임에 슬그머니 나타나서 같이 술을 마시고는 했는데, 언제 어디든 빠지지 않고 나타난다는 걸 어느 순간 눈치 챘다.

고향은 제주, 살기는 부산 산다.

스스로 어줍잖다고 했지만, 나도 어줍잖게 보았지만, 어줍잖은 사람이 아니다. 시도 어줍잖은 시가 아니다.

시라는 것이 본래 소설이나 스토리처럼 기술과 허구로 가공하는 장르가 아니다. 진심만을 담아야 하는 것이 '시의 영역'이고 '말의 유희'와 구분되어야 한다고 나는 생각한다.

그런 면에서 박희자 씨는 시인이다. (굳이 헤르만 헷세의 '시인 한혹'을 들먹이지 않더라도) 시인은 '시를 쓰는 사람이 아니라 시처럼 사는 사람'이다.

그러므로 박희자씨는 '시인'이다.

그녀의 시를 읽노라면 나도 모르게 피식 웃고 만다. 나는 잘 모르는 자신의 이야기를 하지만, 내가 겪어보지 못한 인생사를 이야기하지만, 읽다보면 공감해서 고개를 끄덕이게 된다.

그의 인생이 그렇고 그의 생각이 그렇고 말이 그렇다. 시처럼 사는 사람이 시인이고 시인이 쓰는 게 '시'라고 나는 생각한다.

그렇다면 박희자 씨의 시에 (지식을 권력처럼 알아서 거들먹대는 진짜 어줍잖은 글쟁이 나부랭이들이 그렇듯) 굳이 시의 형식을 따지고 음률을 따지지 않아도 좋지 않은가. 이대로 읽고 공감하는 건 어떤가.

박희자 씨는 비로소 시인이다.

- 손승휘(소설가, 시인)

Contents

인생은 혼자다

외롭다고
혼자는 싫다고 소리쳐 보지만
결국 인생은
혼자 남는 것

나를 뭉개 버리면
내 주위가 편안할 것이고

내 삶을 찾고자 하면
남들은 나를 별난 여자로 보겠지

그럼 난 어디서 나를 보상할 것인가
많은 세월이 남아 있지 않을 것 같은데

쌀밥추억

아버지가 남기신 하얀 쌀밥
누가 먹을세라 슬그머니
한 입 떠 먹으니
어찌나 맛나던지

엄마는 꼭 아버지만
쌀밥을 떠 주시고
우리는 언제나 보리밥

요즘 아이들은 쌀밥도 안 먹는다며
궁시렁 쩝쩝
투정 부리기 일쑤

니들이 그 시절을 우째 알겠노

쌀밥추억/ 박희자

아버지가 남기신
하얀 쌀밥
엄마 볼까 슬그머니
한 입 떠먹으니
어찌나 맛나던지.

엄마는 꼭 아버지만
쌀밥을 떠 주시곤
우린 시꺼먼 보리밥.

쌀밥 푸대접하는
요즘 아이들
니들이 우째 알겠노.

성고서방 손지

제주도 아주 조그만 마을
월평리 성 밑에
성고서방이 살았다

할애비는 노루, 꿩, 두더지를 잡아 오는
사냥꾼

할아버지 귀여움을
독차지하며
살던 여자 아이
성고서방 손지

지금은 환갑이 넘은 할매가 되어
나 어릴 때
무척이나 귀여워 해주셨던
나의 할아버지
나의 외할아버지를 그리워한다

동네 잔칫집에 갔다 오실 땐
손수건에 돗고기 석 점을 꼭 싸서
두루마기 소매 속에 넣고 오셔서
날 불러 먹이시며
흐뭇해 하시던 나의 외할아버지

그때 꼬맹이가
할아버지 나이가 되고 보니

보고 싶다

(어느 초여름 밤에…)

메똥

경상도 말로 무덤을 메똥
옛날 좌천동 공동묘지 많은 산에
우리 집이 있었다
대문에서 5미터도 안되는 곳에
메똥이 있었다

아버지가 술 드시고 와서
우리 남매를 혼낼 때도 메똥 뒤에 숨었고
선풍기 없는 방이 더우면 돗자리 하나 들고
메똥 옆에 누워서 별을 세며 잠들었다

집에서 한참 올라가면
공동우물도 공동묘지 한복판이다
동이 줄을 세워서
한 동이씩 길어다 먹고 빨래하고
이때가 62년에서 65년 쯤
지금들 하고 있는 불평들은
호로 삥 삥이다

거울이 운다

음력 정월 초사흘 아침
습관처럼
집 밖에 있는 화장실을 다녀와
무심코 바라본 큰 거울이
찌이잉 운다

중풍으로 누워계신 지 십 년
시아버지가 돌아가셨다

그동안 고마웠다 잘 있어라
자식들 대표로
일곱 남매 맏며느리를
거울 통해
마지막으로 보고 가셨나

비 오는 아침에 문득
그분이 뵙고 싶다

이십 년도 지난
그분의 거울

50여 년 전 기억

봄과 여름이 서로 자기 계절이라고
밀쳐대는 오월과 유월 사이
학교 갔다 와서 배고프면
친구들과 산딸기 따 먹으러
들판을 내달으며 종종거릴 때
멀리 하원 마을 쪽에서 웬 신사분이
내려오고 있었다

'우리 집에 오는 손님이 아닐까'

친구들하고 놀다 집에 와보니
정말 우리 집 손님이었고 내 아버지였다

바람피우느라 우리를 내팽개쳤던 양반이
엄마를 데려가겠다고 장인 장모님한테
머리를 조아리고 있다

외삼촌이 멱살잡이까지 했지만
결국 엄마는 아버지 따라 부산 가고
난, 다음 해 국민학교 3학년 되던 해 3월에
부산으로 전학한다

여객선 도라지호를 밤새 타고
아침에 부산에 도착해서 마주한
부산의 첫 육지도 별수 없구나
그때부터 좌천동 매똥 동네살이가 시작되었다

1963년의 재회

아버지는 긴 바람을 끝내고
부산 동구 좌천동 영등사 부근에
방 2칸 부엌 2칸을 지어놓고
제주도에 있던 어머니와 오빠와 나를 데려온 거였다
덕분에 어머니와 별거 8년 만에 다시 우리 가족이 모였다

모였으나 쌀과 연탄이 없었다
그때부터 아버지는 집을 짓기 시작했고
돈 없이 집을 지으려니 시유지에다 돌과 흙으로 지었고
돌이 귀해지자 흙벽돌로 지어 방과 부엌을 만들었고
흙도 여의치 않자 연탄재를 벽돌 대용으로 사용해서
방과 부엌을 만들어 세를 놓아서
그 돈으로 쌀과 연탄을 사서 살아가야 했다

누가 상상이나 했으랴
궁하면 통한다고 우린 그렇게 살았다
요즘 같으면 연탄재도 구하기 힘들지만 말이다

ⓒ 정화령

노을

오늘도 해가 뜨고 해가 진다
노을은 날마다 바라봐도 찬란하다
아침 노을은 아침 노을대로
저녁 노을은 저녁 노을대로
둘 다 시작이다
둘 다 마감이다

하느님이 짜놓은 저 찬란한 감빛
비단 필을 휘감고 뜨거운 희망에 젓는다
아침노을을 잘라서는 내 두 딸 옷을 짓고
저녁노을을 잘라서는 엄마 옷을 지어드리고 싶다

그래도 한정 없이 남아도는
저 찬란한 비단 필로는
봉화를 수놓은 금침을 만들어
못다 한 내 인연을 위하여
하늘 끝 간 데까지 펼치고 싶다

오늘은
저 찬란한 노을 속에
지나간 내 청춘이 나를 바라본다
나 몰래 날마다 해가 뜨고 해가 졌었나 보다

날마다 나에게 희망을 준 아침 노을과
저녁 노을을 예전엔 미처 몰랐던가

이제야 아침 노을을 바라본다
이제야 저녁 노을을 바라본다

산다는 것은 하루해 안에 있고
비로소 눈물이 달콤하다

무대뽀

난 67세의 무대뽀입니다
무엇이든 도전합니다
지난번 여행 중 만난 어느 인도 청년의 삶을 기억합니다
자기 생명이 12년밖에 남지 않았기에 나이를 세지 않는다고
그것 역시 좀 더 살고 싶은 욕망이 아닐까 생각합니다

인도에서는 60 전, 후에 죽는답니다
나이의 두려움
참 기막힌 일이지만
어찌 보면 그들만의 착각일 수도
그들만의 문화일 수도
섣불리 그건 아니라고 반박할 수 없는

그래서 나는 이 세상 내가 할 수 있는 모든 걸 다해보고
흐뭇한 표정으로 이 세상 끝나는 날 떠나려 합니다
인도 청년이 정해놓은 나이를 나는 7년이나 더 살았습니다
살 만큼 살았으니 하고 싶은 거 다 경험하고 느끼고 즐기고
만족해하며 살고 싶습니다

안 될까요
아니 다할 수 있고 다할 겁니다

당장 내가 하고 싶은 것
나의 자서전적 시집 내는 일
고학력자만 쓰는 게 시는 아니라고
믿기에 제 학력을 아실랑가

다음
내 음반 내는 거
소녀일 때
꿈을 지금 내가 나한테 해주려고
그러면서 여행 힘대로 하고
사업도 힘대로 하고

없는 집 맏딸로 태어나 안 해본 일 없이 살았기에 이 세상사는 일
이 두려울 게 없다는... 그래서 휴일 아침 느긋하게 이 글을 쓰고
있는 지금도 행복합니다

나이를 모르는 사람

몇 살이냐고 물으면 모른단다
알 필요가 없다네
앞으로 12년만 있으면 자긴
죽을 건데
왜
굳이 나이를 셀 필요가 없다고
자기네 나라에선 60살만 되면
다 죽는다고

88올림픽 때 우리나라에 와서
3개월 있으면서 배운 한국어로
안내하고 있는데
60세 되면 죽을 거라고
글쎄
그 나이 되어서 안 죽으면
또 무엇을 하고 있을까
지금 나이 48세밖에 안 되는 애송이가
부탄여행 중에
내 나이를 돌아보게 했다

무화과

출근길 어느 골목에서
요즘 보기 드문 일을 목격했다
물통 들고 생수 뜨러 가던 아저씨가
남의 집 담 넘어 늘어진 무화과나무에서
무화과를 따고 있는 것이다.

"아저씨! 나 하나 안주면 주인부르요!" 했더니
해맑게 웃으며 "엣소! 2개" 한다
ㅎㅎ 재수!

옛날에는 골목마다 흔한 과일인데
요즘은 귀해져서...
돈 주고 사 먹긴 어쩐지 억울하고

협박해서 얻어먹은 무화과 맛이
어릴 때 동심으로 나를 부른다

흔적

그 옛날 직장 언니 어느 날
날 보고 언니라 부르네
그러다 삼십 년 이혼 후에
이제 다시 내가 동생이라
시드니에서 마지막처럼

딸아이 친구삼아 칠순에
고향에 돌아온 직장 언니
시누이 올케라 불렀는데
많은 시간 흐른 후 그에게
언니 내일 식사 한번 해요

잘난 남자

천하의 바람둥이 잘나신 내 아버지
아흔을 훌쩍 넘긴 울엄마 설운 인생
가신 분 그리는 마음 잘난 게 탓이라고

젊어서 일본유학 제대 맨 육군소위
한림고 교사직에 금융조합 근무라
울엄마 콩깍지 사랑 영영 벗지 마시소

23년생의 멋진 포즈
완전 연예인
울 엄마처럼만 살련다

현실에 순응하고
요양원에 울 엄니를 모르는 사람 없다
먹을 거 나누며
너 좋으면 나도 좋다
입 안에 거라도 나눠 먹자

아침 4시면 일어나서 운동 채비를 하고
온 요양원을 구석구석 돌아다니며
인사하고 눈웃음 지으며 하루를 시작하면
오백여 평이나 되는 요양원을 돌고 떠돌고
얼굴엔 항상 웃음꽃 피운다

99%의 노인들이
자식에 대한 불만
육신의 아픔
이웃들에 불만
요양원에 불만
불만들이 쌔고 쌨는데
울 엄마는 그중 하나도 불만이 없다

그러니
매사에 욕심 없고 이웃과 나누려 하고
검버섯 핀 얼굴은 항시 웃음꽃 피운다

나도 울엄마 만큼만 살고
울 엄마처럼 살아야지
그래서 내 얼굴에도
검버섯과 웃음꽃이 피기 시작한다. 클클클

오이생 놀이터

아침에 눈을 뜨면
이집 저집 기웃 기웃
부르는 이 없어도
그냥 가고 싶은 곳
제주어 정겨운 방언
세 집 지붕아래 담겼네

오라방 잘사람 수광
사나흘 후 허쿠다예
핑계없어 못 만난
벙개 바로 해 불주게
제주도 토백이 방언
육지사름 알아지카

대물림

나 어릴 때 우리 아버진
저녁마다 일기를 쓰셨다
아니
메모를 하셨다
특이할 게 없는 일상의 메모

그리곤 가끔
나에게 편지 쓰는 법을
가르치셨고

먼 훗날
아버지가 돌아가시고
인생의 황혼길에 서서
나의 메모가 시작된다

아버지에 대한 그리움인가
나의 삶의 정리인가

하루의 일기가
과거의 추억들이
새 아침잠을 내쫓고
나를
생각에 빠지게 한다

정선 기맞이

십여 년 전 부터
나의 연말행사이다
가장 친한 친구를데리고 12월 마지막 날
정선을 향하여 떠난다
저녁에 가게일을 마치고

중간즈음 조식포함 어느 저렴한 호텔에 머물고
7시쯤에 다시 출발하여 정선카지노에 도착
신분증 지참하여 입장하면 여긴 별천지다

외국식 노름방
돈 다 잃고 의자에 제대로 앉지도 못하고 처져있는 젊은이,
지금 막 도착하여 있어 보이는 명품가방 들고
앗싸! 하고 있는 아줌씨

그들 사이로 스르르 섞여서
나의 도박도 시작이다 3시간정도
내가 하는 건 룰렛
옛날 아이스케키 살때 화살로 찍는 형태인데
욕심 안 부리면 조금씩 따면서 이십만 원 정도면
두, 세 시간은 거뜬히 논다

그리곤 카지노를 한바퀴 둘러보고
할 줄 모르는 게임이라 남 놓은 곳 곁에 놓으면
따면 좋고 잃어도 일,이만 원 정도
그러다 카지노를 빠져나와 오색온천에서 저녁먹고
꽤 비싼호텔에 머물다 모닝콜 받고
한계령 정상에서 새해를 맞는다

한 해 계획을 다짐하고
동해안 해안도로를 따라 부산으로 쭉
중간에 강구에서 비싼 대게를
전혀 망설임 없이 먹어 치우고 부산에 도착하면
'박희자'의 새해는 시작되는 것이다

송정 연가

밤마다 찾아오는 송정 바닷가
오라는 이 없건만 또 이 길을 걷는다

연인처럼 길 커피 한잔 들고
송정에서 구덕포까지
혼자서 둘인 양 걷다 보면
살아온 내 인생이 오롯이 떠오르네

좀 더 가까이 기대었으면
그대가 떠나지 않았을까
아쉬움은 남지만
내 인생에 후회는 없다

그리고 이젠
옆지기 아닌
뒤에서 지켜만 봐주는 뒤지기가 좋다

제비

흥부 가족에게 박씨를 물어다 준 제비
내가 힘들고 외로울 때 내 곁에서 웃음과 용기를
물어다 준 사람 제비

사람들은 자기보다 잘나 보이면 선입견을 품고 본다

'저 사람 혹시 제비 아냐 '

살아온 환경이 서러우면 남들이 조그만 성의를 보여도
그에게 자신의 정열을 다 쏟고 온갖 꿈을 다 꾼다

청바지조차도 거부하며 정장을 고집하고
그러다 정신 차린 유부녀가 둥지로 도망가버리면
꺼이 꺼이 울지도 못하고 입술을 깨문다
정신 차린 제비가
약속했던 거 운운하면 앞 대가리 다 끊어먹고
제비의 공갈 협박만 이슈화되는 세상

난 그들에게 많은 도움을 받았다
그들과 성장 과정이 공감될 수 있었고
허황한 공약을 한 적이 없기에
늘 곁에서 용기와 자신감을 주는 인간 제비들이다

탁상 선원

히말라야산맥 어딘가에 부탄이라는 나라
세계에서 국민 행복지수 1등
해발 4천 미터 높디높은 곳에
다소곳이 자리 잡은 탁상 선원
완전 바위산

나무하나 설 자리 없이 험한 산 저 높은 곳에
그들은 무얼 소원하며 저 명소를 지었을까
선진국 되기를 거부하며 현재 그들 삶이
우리나라 육 칠십년대를 보는 듯한데…

난 지금 홀몸으로 지팡이 짚고도
탁상선원을 눈앞에 두고 올라가기를 포기했는데
저 거대한 바위를 어떻게 그 많은 짐을 올려
저리 고즈넉한 선원을 지었을까
문명이 발달 되어 최신기계를 쓸 리도 없겠거니와
소인국에 거인이 나타나 뚝딱 한 손에
올려놓을 리 없으련만
나 혼자 웅얼거리며 탁상선원을 뒤로하고
패잔병이 되어 고산병만 얻은 채 내려온다

올라갈 때는 50불 주고 말 타고 절반쯤 올라갔는데
내려올 땐 죄 없는 현지가이드 팔에 부축되어
그의 걸음에 발맞추느라 땀만 한 바가지

그래도 꿈처럼 다녀온 부탄
오래도록 기억되리라

내가 보이십니까?

난 호랑이입니다
난 표범올시다
난 강아지입니다
난 고양이일 수도
내가 보이십니까

앞발을 들고
당신을 칠 듯이
노려보고 있는 내가
당신의 눈에는
뭐로 보이십니까

일요일 아침

이 나이면 뒹굴 뒹굴 하던지
밀린 청소하던지 맛난 거 해서 먹던지

흔히들 그렇게 보내겠지만 난 이 시간이 아깝다

나 자신을 위해 써야지,
내년 이맘때 지금처럼 건강하리란 보장 없고
또 무슨 고민으로 우울할 수도 있으니 나를 호강 시키자

그래서 가는 곳은 친구가 필요 없는 곳
경마장!
놀음방?
울 아방이 놀음하는 걸 어릴 때 보면서
왜 저럴까 하며 자랐지만 난 경마를 한다
단 친구 없고 휴일만, 또 적은 돈으로,

너댓 번하고 따면 마음대로 넣어보고 거의 잃고
오지만 나를 위해 투자했기에 기분 좋은 휴일이다
돌아오는 길은 보상받은 기분으로
콧노래가 저절로 나온다

'급한 용무는 전화하세요'
내 가게 세 군데 문 앞마다 붙여진 전화번호로 인해
난 밤낮없이 콜이다
경마해서 잃은 돈은 안 아까운데 놓친 손님 한 사람은
엄청 섭섭하다

오늘도
놀다가 오는 길에 전화 받고
매장 가서 전학생 교복 한 벌 팔고는
콧구멍 벌렁거리며 집으로 간다

이승 엄마 저승 엄마

이승 엄마
저승 엄마

강산이 네 번 바뀌기 전에
친구들과 내원사에 단풍놀이 간다

절 마당에서 이 풍경 저 풍경을
사진 찍으며 깔깔대다가
저쪽에서 걸어오시는 노스님 앞에 가서
사진 한번 같이 찍어주시면 안될까요

친구의 부탁을 단번에 거절하신 스님께서
내가 다가가서 부탁드리자 선뜻 응한다

그리고는 "너 나의 상좌가 되어라"
그 말이 무슨 뜻인지도 모르고
그저 사진 같이 찍어주신 것에 고마워

예! 예! 대답만 하고
친구들하고 웃고 떠들며 보낸 세월이 흘러

내 나이 오십이 훌쩍 넘고 나서
어느 날 문득 그 약속이 생각나고

내원사를 찾아 그때 사진을 보여주니
오래전에 돌아가셨단다
어쩌나
어쩜 날 기다렸을지도

철없이 했던 약속
나 살기 바빠 잊어버린 세월

그분은 얼마나 외로웠으면
처음 보는 나한테 자기 딸이 되라고
아님 자기 제자가 되길 바라셨을까

비구니 스님들은
한곳에서 이, 삼 년 이상 지내지 않기에
경기도 어느 절에서 돌아가셨다고만

속죄하는 마음으로 제사라도
싶었지만
그마저 여의치 않아
마음속으로만 빌고 또 빈다

어머니! 부디 극락왕생하시고
저의 철 없었음을 용서하시옵소서

외돌개

제주도 남쪽 바닷가에
수천년 기다림에 늙어 버린
외돌개 섬 하나 아니 바위하나

고기잡이 나간 하르방 기다리다
망부석이 되어버린 할망의
애절함을 어쩌리요

할르방! 할르방! 무사 안왐수광
어서 옵 서계

설웁게 부르는 모습 그대로
외돌개가 되어
지금도 오지않는 낭군을 기다리며
먼 바다만 바라보며 눈물 훔치네

© 손병만

사는게 뭣산디 / 김종두

사름 사는 일은
험한 산을 올르는 거여
이녁만씩
인생의 탑을 쌓아가는 거여

으남 속을 걷는 나그네
서두르지 말라
허천도 보지 말곡
쉬이 낙담도 ᄒ지 말앙
ᄭ닥ᄭ닥 걸으라

가시자왈 소곱도 저서보곡
냇창질 푸더지멍 뎅기당
물도 기렵곡 배도 고파봐사
시상 물정을 아느네
발바닥 봉물게 나상 뎅겨보곡
손바닥 궹이지게 살아봐사
어려움도 알곡
고마운 중도 아느네

산을 올르민
이내 해는 저불곡
탑을 쌓고 나민
우리의 육신은 깃털이 되고 말주만

버친 삶 질머정 살아온 뜸광 눈물
이게 우리가 살아온 보람이여
이게 사름 사는 거여

사는 게 무언지

사람 사는 일은
험한 산 오르는거여
자신만의
인생의 탑을 쌓는 거여

안개 속을 걷는 나그네
서두르지 말라
먼 산도 보지 말고
쉽게 포기도 하지 말고
꾸벅꾸벅 걸으라

가시덩쿨 안에서 휘저어도 보고
냇가에 넘어지며 다니다 물도 먹어보고
배도 고파봐야 세상 물정 안단다
발바닥이 부르트게 나서서 다녀도 보고
손바닥에 못이 지게 살아봐야
어려움도 알고 고마운 줄도 안단다

산에 오르면 이내 해는 지고
탑을 쌓고 나면
우리 육신은 깃털이 되고 말지만

힘든 삶 짊어져 살아온 보람이여
이게 사람 사는 거여

제주어 밴드에서 빌려 온 제주 방언 시가
너무 마음에 들어 표준어로 나름 어설프지만 해석 해 본다
한 사람의 평생을 글로 그려 놓은 거 같은
어쩜 나의 지금쯤에 쓰여진 것처럼 현실감에 소름이 돋는다
온 힘을 다해 산을 오르고
평생의 탑을 쌓고 나면 해는 서산에 걸려 있고
그 해가 산을 넘어 갈까 봐 전전긍긍 하며 마무리를 하는...
그것이 인생이다

언제나 꼴찌

난 언제나 꼴찌였다

아홉 살 열 살쯤 학교에 다녀오면
서너 명 친구들이 나무하러 산으로 간다
낙엽이나 죽은 나뭇가지를 주어와야
밥을 해 먹을 수 있기 때문이다

난 일곱 살에 입학하여 친구들 보다 한 살 적기도 했지만
일머리가 없어 아무리 재빨리 갈고리로 낙엽을 긁어도
산을 내려 올 때 짐 크기를 보면 내 것이 제일 작은 것이다
화가 나서 다음에 두고 보자 하지만
언제나 나는 꼴찌

제주도 아이들은 수영 배울 때 바로 바다로 가지 않고
동네에 농사짓기 위해 만들어놓은 작은 저수지에서
수영을 배운다 열 살 전까지
그리곤 바다로 가는데 바다 물속 바위 밑은
깊게 들어갈수록 무한한 보물들이 수두룩하다
전복 고동 멍게 미역 등
물속에선 주먹만 한 것도 수박만 하게 보이니
너무너무 황홀하다
나의 바닷속 첫 체험은 그렇게 시작됐다

2017년 10월 15일 일요일 새벽 5시

자다가 티브이 소리에 깨어
휴대폰 글자판을 두드린다

내 생에 지금 이 순간은 오지 않을 것이고
잠을 억지로 청할 것이 아니라
지금 내 생각을 먼 훗날
'그땐 그랬지' 하고 기억할 수 있도록 묶어 놔 보자

세월이 흘러
내가 이 세상에 없더라도
내가 다녀간 흔적, 두 방울 내 새끼들에게
아하! 울 얼마가 이런 삶을 살았구나

혹은 자기들 삶에 약간 힘겨움이 있을 때 이 글을 보고
고개를 끄떡여 주기만 해도 괜찮겠지
부디 센 바람 맞지 말고 본인들이 살고자 하는 대로
지극히 평범하게 살긴 하되 남이 아니라
본인한테 부끄럽지 않을 삶을 살기를
그래서 딸들이 지금의 내 나이가 될 즈음에
오늘 나처럼 새벽에 잠 깨어 살아온 발자국에
후회가 없기를 소망한다

강하게 살기를 바라며 칭찬보다 채찍질
아프지 말고 세상의 비바람 속에 건강을 빌며
부디 엄마의 바람이 아이들의 현실이 되어
먼 훗날 잘살았구나 라고만 할 수 있다면
최고의 삶이다

옛날에 금잔디 1

스물이 막 되려 할 때
토요일 밤에 퇴근하고 집에 오는 길에
어딘가 막 떠나고 싶다는 생각에
부산역에서 서울 가는 막차를 탔다

언젠가 친목 모이던 남자친구,
그냥 친구가 군대 첫 휴가를 와서 모임에 왔길래

장난삼아 물어둔 부대 주소를 들고
강원도 양구를 가기 위해서

간다고 해놓은 것도 아니고
오늘 밤 떠나서 무작정 여행을 하고 싶다는 일념 하나로
아침 6시에 서울역에 내려서

원주 가는 시외버스 정류소를 물어 원주까지 가서

다시 양구 가는 버스를 타고
강원도 산길을 굽이굽이 돌아

겨우 양구에 내리니 오후 3시
부대 정문에서 접수하고 십여 분 기다리니
친구가 나온다

무척이나 당황해하며 반가워하는 친구와
늦은 점심을 먹고
산골이라 강변을 거닐며 강물이 위로 흐르는데

군 작전상 강물을 많이 이용한다며
이런저런 이야기를 하는데

친구가 자꾸 내 눈치를 보는 것이다

조금은 의아해하며
올 때 차 시간 봐 뒀는데

지금 원주 가는 버스를 타야
낼 아침에 부산역에 내리고

직장에 출근한다며 서둘렀더니
무척 난처해서 하는 것이다
부대에서 나올 때 외박증을 끊어 왔다는 것이다

아차
내 생각만 하고 친구 입장을 생각 못 했구나
부대 들어가면 놀림 받을 수도 있겠다 싶어
미안하긴 했지만

매정하게 버스에 올라버렸다

제대하고 보자고 부산에 내려와 일상생활을 하다

그 친구 제대 후 한 번 만났는데
그땐 그 친구가 너무 어려 보여 이성으로 보이지 않았다

수십 년 지난 지금 그 친구는 어떻게 늙어 가고 있을까
친구야 우리가 이제 만나면 편하게 옛말을 할 수 있겠지
친구야! 보고 싶다

옛날에 금잔디 2

스무 살 내겐 친구였던 너
강원도 산길 굽이굽이
버스 차창 너머로 흐르는 강물
이기적인 내 여정에
너의 손에 남은 건 외박증
버스 뒤꽁무니엔
무엇이 남았었을까

미성 극장

미성 극장은 몇 년 전에 폐쇄된
부산진역 건너편에 있었다
영화 두 편을 동시상영 하는 극장이었는데
아버지 집 짓는 일을 도와드리면
수고비로 주시는 이, 삼천 원 받아서
미성 극장으로 뛰었다
그때는 십 대 청소년들의 놀이터였다

특별히 이해도 안 되는 영화를 보고 오면
보상심리라고 할까 어설픈 평론도 하면서
동행은 엄마나 오빠 그리곤 또 현실 속으로

엊그제 일 같은데 세월이 흘러
지금 생각해보면 참 놀 거리도 없었고
먹거리도 없었고 힘든 삶이었다.

간혹 쇼라도 하는 날이면 무지 들뜬 하루가 되고
결국 돈이 없어 쇼는 못 보고 흘러 다니는 소문만 듣고
본 것처럼 친구들한테 자랑하지만
어쩌다 돈이 있으면 2본 동시상영을
미성 극장 수정극장 두 곳을 하루에 섭렵한다

하루에 영화 4편을 보고 입 싹 닫고 집에 가는 것이다
엄마는 일하고 왔을 거라 짐작하시고

언젠가는 겨울 날씨가 너무 추워
일을 못 하겠다고 엄살피우고
같이 일하던 친구와 조퇴하고는
미성 극장에 조조할인으로 들어가
벌벌 떨며 영화를 봤지만
하나도 안 춥고 재미 만땅

그랬던 미성 극장이 어느 순간 없어지고
지금은 백화점이나 쇼핑센터 높은 층에 앉아 있어
옛날극장의 추억은 찾아볼 수가 없다

인연, 그 시작과 끝

내 마음의 정원에
6년 지기 나무 한그루
나무가지가 바람을 탄다

이리저리 흔들리면서 서로 몸을 비빈다
서걱이는 소리가 뼈끝에 스친다
사람도 사람끼리 만나 흔들리면서
저렇게 가슴을 비비는거다
눈물이 나는거다
종당엔
생가지 찢기는 것처럼 부지직 부지직
생살 찢어지는 소리가 나는거다

나무잎들이 손을 흔들며 떨어진다
한번떨어진 나무잎은 다시는
가지로 돌아갈수 없다

인연은 소리 없이 왔다가 떠날때는
가슴에 커다란 구멍을 뚫어놓고 가는거다

(08년 11월)

고향 나들이

몇 년 만에 가는 고향
두 가지의 목적을 가지고 공항으로 혼자 출발한다
오 남매 큰딸인 우리 엄마
막내 외삼촌의 막내딸이 이번에 시집가는데
미리 가서 외사촌들 만나서 회포도 풀고
맛난 밥도 사주고 싶어서

누나도 있지만 서로 만남이 없었던 터라
큰누나 무게도 잡아 보고 싶기도 하고
7시까지 이유 불문하고 다 모여라 하고는

장어집에서 회와 구이를 먹고
널찍한 노래방에 모인 식구는 15명
막내 이모님은 심판 보시고
상금으로 20 봉투에 넣어 드리고
다 한 곡씩 불러라 했더니 모두 즐겁게 논다

내 동생들한테 내 평생에
딱 한 번 주는 용돈이다 하고는
지폐 1장씩을 주며 허세를 부리곤
내가 내 동생들 앞에서나 하지 어디서 이러랴

3차는 큰동생이 한턱낸다고 라이브 카페
객지에서의 사회생활을 하면서 열심히 뛰다 보면

뭇사람들의 웃는 얼굴 뒤에 있는 가시에 찔리면서
설움과 배신에 참담하기도 여러 번

하지만 여기 내 고향 제주도에 내 외사촌 동생들
귀찮을법한 나의 부름에 활짝 웃으며 나를 반긴다

역시 내 고향 내 핏줄들은 최고여!

밀양에서

밀양을 휩쓸고 다녀왔다
영화 밀양 때문에 조금은 활력이 느껴지는 시골 도시다

밀양은
도시면서 시골 향기를 잘 지니고 있어서 좋다

가끔은 찾아와 한바탕 휩쓸고 나면
속이 후련해진다
무청 모과 감말랭이 가래떡과
노릿 노릿한 누룽지를 샀다

취하도록 그윽한 모과 향기를 맡으며
가을을 즐기고
무청에서 한겨울을 느낀다

나는
수더분한 시골아줌마처럼 생긴 모과를 좋아한다
울퉁불퉁한 모양새가 격이 없어 좋다
진노랑 겨자색도 정감이 가는 색이다

감 말랭이를 입에 넣고 씹어본다
달큼한 고향 맛이 참 좋다

© 손병만

눈길

논도 아니고
밭도 아니올시다

산도 아니고
바위도 없습니다

풀도 아니고
나무도 아닙니다

꽃도 피지 않고
새도 울지 않으며 나비도 없습니다

이유가 무얼까요
황량한 벌판도 아닌
자투리 논 같은 그곳에서 사는

한 그루의 풀도 나무도 아닌
저 주인공은
어울리지도 않는 저곳에서
무엇을 기다릴까요

오이생의 소망

66 빼기 15 이길 소망한다
그럼
병원비 천오백 원이 기분 나쁘지
않을 것이며

머리는 기억하는데
말로 표현이 빨리 안 돼
안타깝지 않을 것이며

지금 나이에서
십오 년만 돌려준다면
수줍은 중년이 되어
이쁜 삶을
한 번 더 살아볼 수 있지 않을까

너무나 거친 인생길을 걸어왔기에
무서울 게 없는 현실이지만
그래도 두 번 다시 오지 않는
황혼길에 뒤돌아서서
정신없이 걸어온 발자국들을
하염없이 바라본다

(17 · 12 · 25 · 0시 · 28분)

난!

이런 사람입니다
학교는 중퇴,
대학교 중퇴? 아니죠
고등학교 중퇴도 아니죠
중학교 중퇴? 아니죠
초등학교 5학년 중퇴랍니다

놀려고?
나쁜 아이들과 휩쓸려?
아니죠
집에 쌀은 없고
몇 년 동안 바람 피며 집 나갔던 남편을
황송히 받아들여
나하고 십여 년 터울 동생을 낳아버린

엄마를 대신해서 밥을 구해와야 했고
연탄을 구해 와야 했으니

그게 전혀 부끄럽지 않은 시절이었고
다시 그 시절이 온다 해도
난 또 그 짐을 지고 나서지 않을까
그래도
그렇다 해도

먹고살만 하면
없던 시절은 지우려 하겠지만
난
하나도 부끄럽지 않고
11년 학교에서의 배움보다
길바닥 배움이
내가 살아온 인생길에
최고의 스승이외다

살아 보니

살아 보니
인생은 오십부터 황금기더라

살아 보니
육십부터는 자기중심이더라

고로
오이 생이 말하고픈 인생이란

이십 대 까지는 주위의 바람대로
삼십 대는 소박한 둥지에 흙 덧바르기
사십 대에는 사회적인 명성까지
오십 대부터는 자신에게 투자하라

이제까진 주위에 희생하며 살아온
나니까

내가 하고 싶었던
내가 가고 싶었던 것들을 하면서
정신없이 살아온
자신을 보상해 주는 거!
그 누구도 못 해 주는 거!

마음껏 즐기고
그래도 넌 최선을 다했어 다독이며

육십 대 중반을 넘어선 지금에
내 마음은
오늘을 마지막처럼
최선을 다했으니 후회는 없어

잘 했어!!
너니까 그 정도로 잘 한 거야

살아보니
빈, 부의 잣대로
행복 지수를 가늠 하는 건
지독한 어리석음이더라

첫 사랑

아무도 가지 않은 저 눈밭을 지나
환하게 웃고 있는 저 태양이
그 옛날 헤어진 첫사랑이라면
버선발로 달려가 그를 안으려고

그동안의 세월은 가려 버리고
왜 이제야 오시나요
나의 첫 사랑
이미 노인이 되었을지언정
당신을 기다린 무딘 얼굴에

주름살마저 부끄러워 살며시
펴집니다

이여!
이젠 떠나지 마시옵소서
젊은 날 운명이 우릴 갈라놓았을지언정
이 세상 끝나는 날 두 손 꼭 잡고

저 눈밭을 지나 앙상한 가지를 지나면
찬란한 태양이
우릴 반겨 주겠지요

풋사랑

들풀 꽃이 만발하던
계절에
분홍색 자전거로
머시마가
가시나 꼬셔 하이킹 간다네

야들 어디 갔노!
밭두렁에 자전거만
멀리 들리는 소리 키득 낄낄

요것도 첫 사 랑
요느무 시키들! 빨리 안나오나!

섣달 그믐날 밤 열시 사십 분에

그 옛날 섣달그믐에는
제발 명절이 오지 않기를 바랐다

없는 살림에 칠 남매 맏이 노릇은 해야 하고
수금은 되지 않아
하동에서 일 배우러 올라와 먹고 자며 일하던 아이
월급은 고사하고 차비도 줄 돈이없어
18금 반지 전당포에 잡혀 오만 원 쥐어주며
설 쇠고 오라고 보내고 집에 오니

시동생들은 보너스랑 받았는지
방에 모여 앉아 훌라 오락을 하고있는 것이다
짐작 컨데 시동생들도 생활비를 드렸음직 하건만
설쇨돈은 꼭 장남이 내야 하는지
투덜대는 시어머니 잔소리에 얼마나 설웁던지
두 살짜리 딸아이를 둘러업고
감만동 가겟방으로 와 버렸다

그리곤 이틀째 되는 날 막내 시동생이 집에 내가 사놓은
쌀 서너 되를 들고 가게로 찾아온 적이 있었는데...

삼십여 년 전이지만 오늘 문득 생각이 난다

오늘은?
아침에 딸아이와 온천에서 마사지 받고
늦은 아침으로 맛집에서 대구탕 먹고 재래시장서

맛난 거 몽땅 사 들고 집에 와 한숨 늘어지게
자고 먹고 자고 영화 보고 자고 먹고

내일은 저승에 계신 아버지 전에
생전에 양껏 못 잡수신 맥주 사 들고
오빠 집에서 아버지 만나 뵙고

이승에 계신 우리 엄마 세상에서 젤 맛난 소주 사 들고
모처럼 온 막내와 함께 만나러 간다

(2018년 2월 15일 밤11시 26분 섣달 그믐 밤에)

비 오는 화요일

2018년 1월 16일
올해의 사업이 이제 시작된다
그동안 너무 추워 움츠렸던 몸과 마음을 활짝 펴고
만반의 준비를 깔끔히 마쳤다

반세기의 교복 업을 하던 중에
이십여 년은 월급쟁이, 삼십 년을 교복 업을 했는데
수많은 파동이 있었지만, 요즘이 최악이다

그래도 아직은 그만둘 생각이 없고
꼬마 손님들이 마냥 반갑기만 하다
십 년 전부터 3년만 하고 편안하게 놀아야지 하던 게
아직도 3년만 더 하자고 있다

건강만 허락한다면
평생 배워온 기술이 있으니 못할 리 없고
또 할 만큼 했으니
내일 당장 그만둬도 후회는 없다

그래서 모처럼 1월의 비 오는날
완벽하게 차려놓은 잔칫상을 준비하고
올해의 주인공 중1 고1 손님들이 들이닥치길 빌어 본다

66번째 추석 전야

매일 출근하고 아침 일찍부터 일하고
그렇게 살기가 일상생활이었는데
명절도 삼일 이상 쉬어보지 않아서인가
새벽 4시가 넘도록 잠이 오질 않는다

아침에 늦게 자고
국제시장 가서 사고 싶은 거 다사고 와서
사 온 옷도 입어보고 거실 바닥 깔개도 깔아놓고
간장게장 양념게장 부침 잡채 멍게젓
평소에 좋아하는 음식 식탁에 부페 식으로 차려놓고

복분자주 한잔을 곁들여 파티처럼 분위기 낸다
철없는 아줌씨처럼

행복이 별거인가
나 자신이 만족하면 행복인 것을

밤새도록 먹고 소화하느라 잠 못 자고
소화되면 허전해서 또 먹고
그래도 좋다

내일 추석이라 아침에 요양원에 가서
엄마 모시고 오빠 집에 가서 차례 지내고 오면
또 주말까지 휴일이다

내가 두려워 하는 건
일을 그만두었을 때 평생 일만 하던 나의 하루를
무얼 하며 채울 수 있을까?
그래서 일을 선뜻 놓을 수 없는 것이다

어느 가을날

도시에도 가을이 짙어간다
가슴속에 둥실 떠오른 보름달 하나
마음속 천지엔 벌써 풀풀 억새꽃이 날기 시작하고
바람이 자꾸 앞섶을 들썩여서
자꾸 들썩여서

은주와 함께 중순이 집으로 가
전어회를 먹고
영주, 미영이, 정이, 은주와 함께 돌아왔다

참 좋은 친구들
국화꽃 꽃불 같은 따뜻함
친구들한테서
그윽이 국화 향기가 풍긴다

멀리 가을 산에서 하염없이
낙엽 지는 소리가 들려오고
산 능선을 넘어가는 새떼처럼
이제 나이 지긋 해져가는 눈가에
어른거리는 쓸쓸함
서로 바라보며
부지런히 웃어도 눈물이 난다

(2008년 시월에)

주차장에서 문득

같은 공간에 있을 수 없는 증표들이 같이 있다
식당 창밖에 분꽃 무리
밤새 가랑비에 차창에 붙어있는 노란 낙엽
여름꽃과 가을낙엽이 시월에 있다
지금은 여름 인가 가을 인가
가기 싫은 분꽃이, 성질 급한 낙엽이
둘 다 창밖에 있다

내 마음은 분꽃이다
빠른 세월이 번개처럼 스쳐 간다
세월아 천천히 가자
난
하고 싶은 일들이 너무나 많은데
시간이, 여유가
배움이 부족하여 못 해본 거
다 하고 여한이 없을 때 훨훨 날아가리라

그래서
지금부터는 아껴 쓰자
하루를 열흘처럼
세월아 기다려라

가고 싶은 날 미련 없이 널 따라 떠날 것이다
호탕하게 웃으며 껄 껄 껄

(추석 연휴 식당 주차장에서)

잡초

사진 속 잡초는
내가 어릴 때 흔히 봤던
더위 피해 산속 계곡을 찾아 들어서면
신발을 벗어 손에 들고 들어가야 하는
입구 일 것이고
입에서는 아이고 시원타! 탄성 소리에
이 동네 사는 백성들
올챙이, 개구리, 왕모기, 실뱀까지
웬 오랑캐?
어른 낮잠을 깨우나!

휘어진 풀들은 식구들 감추려고
허리가 끊어지고
무심한 나그네들은 모르는 척
계곡으로 들어간다

선인장

나 어릴 때 울 어머니
십오 년 만에 낳은 막네
젖 먹이다 젖몸살 나면
약살 돈 없어서 나보고 어디 가서
선인장 얻어오라 내보낸다

집마다 다녀도 변변찮은 선인장
겨우 화투짝 만큼이라도 얻어지면
쏜살같이 달려와
가시 모두 제거하고
엄마 젖무덤에 부쳐놓으면
자고 나면 엄마는 멀쩡하네

부탄에 여행 오니
꼭 그 시절로 돌아간 것처럼
길가에 선인장이 무성하다
잠깐 선인장 보면서 반세기 전
일들을 회상한다

경아네 집

들국화 인가
나란히 가기는 힘든

이 좁은 계단에
철 늦은 들꽃이 피어 있다
어느 초겨울
안면 없는 여자들 그리고
남자들

저 계단을 올라갔다
그날 밤
그들은 무슨 일이 있었을까

하룻밤 풋정에
계단을 내려오는 발걸음마다
헤어지는 아쉬움과
십년지기마냥
정겨움이 뚝 뚝 흐른다

ⓒ 손병만

외갓집

제주도 작은마을
성문 옆 나의 외갓집이 있었다

어느 날 사냥꾼이셨던 외할아버지께서
한라산을 타고
제주시에 사는 우리 집에 오셨는데
점심 드시고 나서는
할아버지 손을 꼭 잡고 외갓집으로

아버지가 술 드시고 와서
가족들을 괴롭히는 게 무서웠을 것이다

외갓집 앞에는 연못이 있고 논이 많았는데
가뭄이 계속되면
연못에 들어가 흙탕물을 만들어
장어들이 숨 쉬려고 올라오면
뜰채로 잡던 추억도 있고
오빠들 따라 개구리 잡아서 구워 먹던
추억도 새롭다

한번은
옆집에 두 살 많은 여자아이가
볼 때마다 나를 괴롭힌다
언젠가는 하며 벼르다
개울에다 쳐 박아 버리고는
집에 와서 벽장 속에 숨어 있었다

그리고 나서 다음에 만나면
오히려 그 애가 내 시선을 피한다

네 살짜리가 외할아버지의 장난 섞인
농담 소리에 그냥 외갓집으로 와서는
열 살 되는 해 3월까지 그렇게 살아버렸다

엄마 우리 한잔 해요

명태전 거리에 노란 달걀 입혀 부쳐놓고
정이가 가져다 놓은 임연수어 생선
기름에 구운 다음 양념장 발라놓고
연옥이가 갖다 놓은 머루주 앞에 놓고
엄마와 마주 앉았다

술 없이는 못사는 엄마
엄마 한잔 나 한 잔
엄마 두잔 나 한 잔
엄마 세잔 나 한 잔
엄마는 나보다 서너 배나 술을 좋아하신다

나보다 서너 배나 서럽게 사셨으니 당연하다
서러운 인생살이를
애매한 술로 풀며 살아온 여생

이천구년 구월 늦은 밤에

북한강

목이 길어 슬픈 여인이
누구의 허기를
메꿔주려고 저렇게 누워 있을까

고운 님 맨발로 맞이하려고
엄동설한 얼음 위에 곱게도 누워
오지않는 님 기다리는
북한산이여

어서 오시옵소서
그대의 오시는 길 편하시도록

북한강
말끔히 얼려 놓았나이다

이루어주소서

어느 나라 명소에
수백 개의 자물쇠가

사람 마다의 소원을
걸머지고

제 몸이 녹슬어 가는 줄 모르고
주인의 소원성취 만을

비나이다!
비나이다!
부디 이 몸 녹여 제주인의
출세를.
득남을.
사랑을.
무병장수를 빌고 또 비옵니다

이 몸은 비바람에 녹슬고
눈보라에 오장육부가
쏟아져 버려
오직 내 주인님의
소원 성취 만을 이루어 주소서

장독대

한국의 장독대
부와 안주인의 손맛을 가늠 할 수 있는
장독대

내 고향 제주도에는
장독대의 위상이 그리 크지 않다

어릴 때 큰집 어머니께서
놀러 간 날 보고
장독대가서 된장 좀 퍼오라신다
무심코 열어본 장독 안에
장 벌레가…
그날 저녁은 국은 전혀 먹지 않고 집으로 왔다

그리고는 시집와서
전라도 전주 양반을 시어머니로 모시니
없는 살림에도 장독 사랑이
표현이 안될 만큼 지극하시었다

삯바느질 하시면서 7남매를 키웠으니
없는 시간도 쪼개야
몇 개 안 된 장독을 닦고 또 닦고
맛난 거 있으면
이쁜 시키 줄려고
빈 장독에 숨겨놓고
그 시키만 몰래 줄려고
안 자고 기다리셨다
그 시절은 냉장고가 흔하지
않았으므로…

오랜만에 추억에서 그분을 뵙는다

대상포진

두 번 다시 만나지 말기를
두 번 다시 찾아오기 말기를

겪은 이들이 경험에
몸서리 쳐도 설마 했던 일들이
어쩔 수 없는 나이 탓인가
나에게도 반갑지 않은 손님은
오고야 말았다

등 반쪽을 갈라놓고
어깻죽지를 찌르다 옆구리를 쑤시고
내 몸을 제 맘대로 쇠창살로
후비고 다닌다

남들은 모른다
엄살 부리는거 같아 보인다
난 안 오겠지
난 건강하니까
자신만만 하게 예방접종도
안 했는데

무엇이 그를 초대했을까
온갖 약과 주사로 대접하고
휴식하여 그를 보내려 하지만
쉽지 않은 그의 미련에
오늘 밤도 자정이 넘도록
잠 못 이룬다

베지밀 정식품

나의 처녀 시절
한 여름을 열정을 오로시 쏟아부었던 기억이
이른 봄 비 오는 날 문득 기억난다.

교복 집 월급쟁이 시절이라
그냥 눈치 보며 월급 받고 놀아도 되는데
직장 없어 노는 친구가 콩우유 새로 나왔는데
판매하면 돈 많이 벌 수 있다고 꼬드긴다
해볼까? 하고
친구와 시작하여 지금 우유 방판하는식으로
구역을 정하는데
보통 생각으론
가정집 위주로 다들 하는데 난 생각이 다르다

그 당시 베지밀 값이 싼 것도 아니고해서
남들이 싫어하는 구역 범일동 시외
버스 터미널을 시작해서 동천을 쭉 따라가면
어수룩한 철공소들이 많은 구역을 맡았다
그래서 버스 시간 맞춰 터미널에서 판매하고
철공소 기술자들이 출출한 시간에 간식으로 판매하고 하여
두 달 정도 지혜와 힘을 쏟아부었더니
부산지역 판매왕이 되어 버렸다

친구는 힘들다며 중간 포기해 버리고
나도 너무 힘도 들고 교복기술이
너무 아까워 그만뒀지만…
정 식품
정 박사의 부부애가 결국 베지밀을
만들고 두 분의 사랑이
이 세상 하직할 때 까지 이어졌다는
글을읽고 나 혼자 뿌듯함은 왜일까

나무 백일홍

박

한여름 피어 백일홍이여

나무는 분재, 꽃은 백일홍

여름 여행 중 스쳐가는 너

희

땡볕만 먹고 백일을 사네

자

너의 꽃말이 궁금하구나

작가노트

여러분은
박남영씨를 아십니까?
여러분은
고명춘씨를 아십니까?
위의 두 분이 제 부모님이 십니다.
제가 살면서 제일 고마운 분들이십니다.

오죽하면 4살 밖에 안된 내가
스스로 할아버지 따라
외갓집 살이를 했겠습니까?
가장으로서의 의무를 전혀
의식하지 않고
본인의 쾌락 만을 쫓아다니며
사셨던 아버지셨는 데도...

그분들의 자식이 였기에
난!
여지껏 세상살이가 두렵지 않았으며
앞으로도 하고 싶은
그 무엇에도 도전합니다.
내 그릇 만큼에 내 삶을 살것이며
결과가 무엇이든
후회도 아쉬움도 남기지 않을 것입니다.

그나마 '나' 였기에 이정도 라도
할수 있었어! 라고.

그래서 난 '박희자'입니다.
끝까지 읽어 주서서 감사합니다.

시인 아닌 사람도
평탄치 못한 삶을 살다 보면
뒤 돌아보는 자국마다
시가 되어 따라옵니다.

내가 아는 박희자 씨

긴 바람을 끝내고 돌아온 아버지를 받아들인 친정살이
입장의 엄마를 이해 못할 법도 한데 아버지 쌀밥을 탐낼
줄도 모르고 열다섯 살 어린 딸 같은 막내 동생을 보듬는
그녀의 삶의 애환은 화를 낼 때 더 돋보인다.

나이만큼 설움이 담긴 거라고 언젠가 수화기 너머로 던
져진 그녀의 자갈 덩어리는 내게 있어 단순한 화가 아닌
그녀의 삶인 것이었다.

어느 날 그녀는 또 그럴 것이다.
"앞으로 한 달 동안 너 앞에 안 나타날 거다!!"
그러면 나는 또 말없이 숨어들면 그만일 것이다.

단 한 번 한쪽 다리도 걸쳐보지 못한 교복을
수십 수백 벌씩 걸어놓은 매장에서
억울한 것이 무언지도 모르는 바보,
그녀의 한 달이 무에 그리 대수라고
그녀가 오랫동안 우리 곁에서 화를 내줬으면 좋겠다.

- 홍말효(시인, 감성문학 대표)